LA FAMILLE

DU

BOTANISTE

PAR

F. D. DE MASSILIE

PARIS
IMPRIMERIE SIMON RAÇON ET Cie
RUE D'ERFURTH, 1

1862

A la fin on a joint la photographie du faux-titre et du titre d'un autre ex. de l'ouvrage prouvant que F. D. De Marsilié est le pseudonyme de François Delisle.

LA FAMILLE

DU

BOTANISTE

DU MÊME AUTEUR:

LE ROCHER DES DEUX SŒURS

UN VOLUME GRAND IN-18.

PARIS. — IMP. SIMON RAÇON ET COMP., RUE D'ERFURTH, 1.

LA FAMILLE

DU

OTANISTE

PAR

F. D. DE MASSILIE

PARIS
IMPRIMERIE SIMON RAÇON ET Cie
RUE D'ERFURTH, 1

1862

A LA MÉMOIRE

DE MA MÈRE

Ma bonne Mère,

Tu lus ce modeste ouvrage, tu le jugeas avec ta raison élevée et ta tendresse sans bornes pour moi; mais, hélas! tu ne l'as pas vu imprimé. Du haut du Ciel où tes vertus, j'en ai le ferme espoir, t'ont mérité une place, daigne du moins agréer, comme un souvenir pieux et un témoignage de ma vive affection, l'hommage de cet essai littéraire de ton fils respectueux et reconnaissant.

F. D.

Paris, 19 *avril* 1862.

Ce très-court ouvrage n'est ni un traité d'éducation, ni un discours sur les devoirs des pères et des époux, et encore moins une dissertation scientifique ou artistique. A quel genre appartient-il? Je serais très-embarrassé de le dire. Je n'ai eu d'autre but, en l'écrivant, que d'y développer quelques idées que je crois justes, et je les ai placées dans le cours ou à la suite d'un récit fort simple, afin de les rendre moins austères, et par cela même plus attrayantes. Cet opuscule plaira-t-il? Je le désire et n'ose guère l'espérer. Ce que je puis affirmer, cependant, c'est que je n'ai rien négligé pour qu'il fût le moins imparfait possible; et si je me décide à l'offrir au public avec tous les défauts qu'on ne manquera pas d'y découvrir, c'est que je vois que je ne saurais réussir à le rendre meilleur.

Il est presque inutile d'ajouter qu'en disant, dans le premier paragraphe de cet écrit, que les matériaux m'en ont été communiqués par un ami, j'ai recours à une fiction. De même, on ne devra voir dans le botaniste, sa famille et le paysagiste, que des personnages d'invention destinés à donner plus de vie et de relief aux sentiments et aux opinions que je leur fais exprimer.

LA FAMILLE
DU
BOTANISTE

Le récit que l'on va lire est tiré de notes qu'un paysagiste de mes amis avait écrites à la hâte, comme souvenirs de voyages, et dont il a bien voulu m'autoriser à me servir. J'ai transcrit ces notes aussi fidèlement que je l'ai pu, me bornant à leur donner le lien qui leur manquait, et à combler çà et là quelques lacunes de peu d'importance. N'ayant cherché dans ce modeste travail qu'un simple délassement, je vous prie, cher lecteur, de l'accueillir comme tel, et d'user envers lui d'indulgence.

Il y a quelques années, écrit l'artiste, je me liai d'amitié avec un professeur de sciences naturelles bien connu à Paris dans l'enseignement public. Voici dans quelles circonstances commencèrent nos affectueuses relations.

Je me rendais à pied de la station de Saint-Michel, sur le chemin de fer d'Orléans, au bourg de Montlhéry, qui en est distant d'environ une demi-lieue. Cette petite ville, comme on sait, est dominée par une butte assez élevée que couronnent les ruines d'un château féodal, ancienne résidence des fameux sires de Montlhéry.

C'était vers la fin de mai; quoique la matinée fût encore peu avancée, le soleil resplendissait déjà à une assez grande hauteur au-dessus de l'horizon; au milieu d'un ciel d'azur flottaient seulement quelques rares et blancs nuages; un vent léger rafraîchissait l'atmosphère et la parfumait de la douce odeur des champs : tout, enfin, promettait une magnifique journée.

A quelques pas devant moi, et descendant du même train qui m'avait amené de Paris, marchait un voyageur vêtu d'habits d'été fort simples, et coiffé d'un chapeau souple de feutre gris, à forme surbaissée et à larges bords; une boîte allongée de fer-blanc, peinte en vert, et suspendue à son épaule par un cordon de même couleur, me le fit reconnaître pour un botaniste. Je ne tardai pas, en effet, à le voir descendre dans les fossés qui bordaient le chemin, ou les franchir pour aller dans les vignes et les champs voisins cueillir de la menthe, des soucis, des campanules, des scabieuses, de petits géraniums sauvages appelés becs-de-grue, de la sauge aux longues pyramides de fleurs bleues, et beaucoup d'autres plantes non cultivées dont les noms m'étaient inconnus, et qu'il renfermait avec soin dans sa boîte.

Dans les détours qu'il faisait à droite et à gauche de la route, j'eus l'occasion d'apercevoir sa figure et d'en étudier l'expression. Les traits de sa physionomie, un peu sérieuse peut-être, étaient réguliers sans rien offrir de remarquable, mais respiraient la bonté et étaient empreints d'une grande distinction; ses yeux noirs étaient à la fois vifs et doux, ses cheveux, noirs aussi, s'échappaient en mèches légèrement bouclées de dessous son chapeau de feutre, et quelques fils d'argent qui commençaient à se mêler à leur ébène, me firent juger qu'il pouvait avoir une quarantaine d'années; sa taille était au-dessus de la moyenne, sa démarche aisée, et il paraissait doué d'un tempérament robuste. Désireux d'entrer en conversation avec lui, je hâtai le pas pour le rejoindre, et l'abordai en ces termes :

« Veuillez me pardonner, monsieur, de venir vous interrompre un moment dans vos agréables recherches; mais la boîte que vous portez et les plantes que je vous ai vu cueillir m'annoncent en vous un botaniste, comme cet album que je tiens à la main peut vous faire reconnaître en moi un amateur de paysages; j'ai rencontré sur mon chemin un ami de la nature à laquelle j'ai voué mes plus vives affections, et je n'ai pu résister au désir d'échanger avec lui quelques paroles : j'espère que la conformité de nos goûts pourra servir auprès de vous d'excuse à mon indiscrétion.

— Monsieur, me répondit d'un air affable le botaniste, tout admirateur des œuvres de Dieu est toujours le bien venu quand il me fait l'honneur de s'adresser à moi. J'ai profité de cette belle journée pour venir herboriser dans ces contrées; je me rends en ce moment à la butte de Montlhéry, afin d'y récolter quelques-unes de ces plantes qu'on ne trouve que dans les endroits élevés et battus des vents; vous allez, il me semble, du même côté, et, puisque ma compagnie paraît ne pas vous déplaire, j'accepte aussi la vôtre avec un vrai plaisir; vous me permettrez seulement de me détourner de temps à autre du chemin que nous suivons, lorsque j'apercevrai quelque plante que je ne possède pas encore, et dont je tiens à accroître mon herbier.

— Recevez, lui dis-je, mes remercîments pour votre aimable accueil. Je me dirige, ainsi que vous, vers la tour de Montlhéry, dont je me propose d'esquisser les ruines; pendant que vous herboriserez sur les versants de la montagne, je m'occuperai à dessiner les restes du vieux manoir; mais, jusqu'à ce que nous y soyons arrivés, arrêtez-vous, je vous prie, aussi souvent qu'il vous plaira, pour vous livrer à vos intéressantes observations.

— L'étude de la botanique, reprit-il, est en effet pour moi plus qu'un plaisir, c'est presque une passion. J'occupe, dans un des lycées de Paris, une chaire d'histoire naturelle, et la science des végétaux forme la branche la plus importante de mon enseignement. En dehors des leçons que je donne à mes élèves, elle est encore pour moi la source des plus douces jouissances. Dans mes jours de loisir, j'explore les bois et les campagnes des environs de Paris, j'y recueille les plantes particulières à nos régions, je les envoie à des botanistes de province ou de l'étranger, qui sont pour moi autant d'amis, et je reçois d'eux, en retour, les échantillons des végétaux propres à leurs localités, et qui manquent à la flore parisienne; je les étudie en les comparant aux végétaux de nos climats, et je travaille à les classer dans mon herbier, que je vois ainsi s'enrichir du résultat de mes recherches personnelles et des présents de l'amitié. Cependant, ajouta-t-il avec un léger accent de tristesse, dans ce sentier bordé de fleurs dont je me plais à suivre les détours, je rencontre bien parfois quelques épines · lorsque, par exemple, je me trouve en présence d'une plante qui m'est inconnue, et dont je ne puis arriver à déterminer avec certitude le genre et l'espèce; ou bien, lorsque j'essaye de comprendre quelques-uns de ces mystères de l'organisation des végétaux que le génie observateur des Linnée et des Jussieu a laissés encore inexpliqués après eux. Ainsi, me suis-je souvent demandé, pourquoi les pétales de la rose sont-ils peints de la couleur du carmin, tandis que l'azur du ciel se reflète dans la corolle délicate du myosotis, et que la modeste violette, vêtue de sa robe de deuil, se cache mélancoliquement au fond des bois, ne se révélant à nous que par son parfum? Pourquoi la plupart des fleurs, dans une même espèce, se sont-elles nuancées, sous le pinceau de Dieu ou par les soins de l'homme, de couleurs si riches et si variées? Ce phénomène de la coloration des végétaux, que je cite parmi beaucoup d'autres, est un de ces nombreux secrets que la nature garde encore, et que j'ai tenté, après mes maîtres, mais en vain, de pénétrer à mon tour. Pendant que l'homme de la science avance ainsi péniblement dans la voie sûre mais ardue de l'observation, l'artiste plus heureux interroge avec moins de curiosité la nature et en jouit davantage. Dans vos études de paysagiste, par exemple, vous arrêtant aux merveilles qui frappent d'elles-mêmes vos regards, vous faites, des hautes montagnes, des torrents rapides, des vallées profondes et des lointains horizons, les auxiliaires dociles de vos agréables travaux. Les arbres et les fleurs qui ne sont représentés dans nos herbiers que par des fragments mutilés ou des échantillons secs et décolorés, vous les reproduisez dans vos tableaux avec toute l'élégance de leurs formes, toute la grâce ou toute la majesté de leur port, tout l'éclat et toute la fraîcheur de leur coloris; au lieu de les classer froidement, comme nous, par genres et par familles, vous les placez chacun dans le site qui leur convient et dans les lieux où ils aiment à croître : le sombre sapin sur la cîme des monts et à la limite de la région des neiges, le chêne séculaire au milieu de l'antique forêt, le frêle roseau sur les bords des étangs où règne le zéphyr, et le blanc nénuphar à la surface de leurs eaux dormantes. Nous, botanistes, nous connaissons un peu mieux l'organisation et les vertus de ces aimables enfants de Flore; vous, peintres, vous appréciez mieux leurs charmes, et je crois que c'est encore à vous, je le répète, qu'est échue la plus large part de jouissances.

— Je ne dissimulerai pas, répondis-je au botaniste, tout le bonheur que je goûte à cultiver l'art enchanteur auquel j'ai consacré ma vie. Sans doute, le spectacle solennel de la mer venant briser ses vagues écumantes contre les rochers du rivage, avec un mugissement comparable au bruit lointain du canon; les sites sauvages et pittoresques des pays de montagnes; les tableaux plus tranquilles dont les ruisseaux, les bois, les prairies de nos contrées moins accidentées viennent réjouir mes yeux; les magiques effets que la lumière, s'harmoniant avec les ombres, ajoute à ces scènes riantes ou sublimes; sans doute, toutes ces merveilles me causent une émotion et un ravissement inexprimables. Mais, quand il faut faire revivre sur la toile tant de beautés diverses, aux douces extases et aux joies indicibles viennent se mêler aussi, croyez-le bien, le découragement et l'ennui. Combien de fois, en comparant mes faibles copies à l'admirable perfection du modèle, et désespérant de jamais en approcher, ai-je été tenté de jeter au loin ma palette et de briser mes pinceaux! Mais, après ces accès de dépit, heureusement de courte durée, je me reprends à aimer mon art d'une affection plus vive qu'auparavant, et je poursuis mes travaux avec une nouvelle ardeur. Eh bien! faites comme moi. Quand la nature se refuse à vous livrer quelqu'un de ses secrets, soyez-lui encore reconnaissant des heures délicieuses que vous avez passées dans l'étude de ses œuvres. Voyez comme elle est belle aujourd'hui! comme ce ciel est pur et ce soleil radieux! comme ces fleurs, qui viennent de renaître sous les tièdes haleines du printemps, se balancent heureuses sur leurs tiges! Imitons-les. Sans songer aux dégoûts de la veille, ni aux déceptions du lendemain, jouissons avec abandon du beau jour qui nous luit, et livrons-nous gaiement à nos occupations favorites.

— Vous avez raison, me dit-il, et j'ai mis tout à l'heure trop d'amertume dans mes plaintes. Aussi bien, nous voici arrivés au pied de la butte; je vais donc vous quitter pour continuer mon herborisation, et j'irai vous retrouver à l'endroit où vous aurez établi votre atelier. »

Nous nous séparâmes à ces mots; mon compagnon se mit à gravir les pentes de la montagne pour y chercher les plantes qu'il désirait y rencontrer, et j'allai m'asseoir, de mon côté, à une place commode, pour y dessiner les ruines de la tour sous leur aspect le plus favorable.

J'avais terminé mon croquis avant que le botaniste fût venu me rejoindre. Je profitai de ce temps pour monter au sommet de la butte, et contempler, de cette hauteur, le magnifique panorama qui se déroulait devant moi.

Du côté occidental de la montagne, et immédiatement à ses pieds, on aperçoit le bourg de Linas, bâti dans le creux d'un vallon, au fond duquel coulent parallèlement la Salmouille et la Morte-Eau, ruisseaux qui ne tardent pas à aller se perdre l'un et l'autre dans la rivière d'Orge. Considéré de l'éminence où je me trouvais, Linas paraît situé à une grande profondeur, et l'œil plane de haut sur les toits de tuiles ou de chaume de ses maisons et de ses granges, entremêlées de jardins et de vergers, et au-dessus desquelles s'élèvent la vieille nef et le gracieux clocher gothique de son église contemporaine de la tour. C'est quand on regarde la butte de Montlhéry du chemin de Mauvinet, conduisant d'Arpajon à l'église de Linas, qu'elle se montre dans sa plus grande élévation; sa pente, de ce côté, est fortement inclinée et très-pénible à gravir; elle est sablonneuse, parsemée de petites roches de grès, et couverte, comme les autres versants de la montagne, de buissons d'aubépine, d'églantiers, de genêts, d'arbres verts, de jeunes bouleaux, d'herbes touffues et de plantes émaillant ce tapis de verdure de fleurs de toutes les formes et de toutes les couleurs[1]. Au delà de Linas, on voit la pleine campagne

[1] La municipalité de Montlhéry a transformé cette butte en une promenade plantée d'arbres et d'arbustes, et sillonnée par des sentiers tracés en spirale, qui en font comme un petit labyrinthe. En ma qualité de touriste, je

ornée de moissons et de cultures variées, et la vue s'arrête, dans cette direction, aux coteaux boisés d'Arpajon.

Du côté nord de la butte, on domine la commune de Montlhéry (Mont-Léderic ou Mont-lez-Héery, selon les vieilles chroniques) qui a donné son nom à la montagne et au château, ou qui en a reçu le sien. Montlhéry est un gros bourg situé, comme Linas, sur la route de Paris à Orléans, et auquel ses rues en pente et sinueuses ont conservé quelque chose de sa physionomie du moyen âge. On y remarque l'église Saint-Médéric, un hospice pour les malades et les vieillards, et une halle aux fourrages établie au milieu de la place du marché. Au delà de cette petite ville, commence la riante vallée de Marcoussis; puis, on aperçoit le village du même nom, et, au fond du tableau, les bois portant

la préférais lorsqu'elle s'offrait aux regards sous cet aspect nu et sauvage que la nature et le temps lui avaient donné.

la même dénomination que la vallée et le village.

Du côté oriental, se montre au loin la fertile vallée de l'Yvette, arrosée par cette charmante petite rivière qui, dans son cours, embellit et vivifie : les Vaux de Cernay, Dampierre et Chevreuse, villages tant aimés des artistes ; Orsay et Palaiseau, communes riches et importantes ; Longjumeau, illustré par le fameux postillon de Scribe et d'Adolphe Adam ; Saulx-les-Chartreux, Villejust, Champlan et Villebon, hameaux paisibles cachés, comme des nids, parmi les bois et les moissons.

Enfin, au midi de la butte, se déroule aux regards l'admirable vallée de l'Orge, au fond de laquelle serpente cette jolie rivière, aux bords toujours verts et frais, et qui, après s'être accrue de l'Yvette, va confondre elle-même ses eaux avec celles de la Seine, au village d'Athis. J'avais déjà parcouru bien des fois cette ravissante vallée dont les beaux sites m'avaient offert le motif de plus d'un tableau ; ce fut avec bonheur que je pus, d'un seul coup d'œil, en embrasser le magnifique ensemble. Ici près, à une demi-lieue de la tour, se voit le hameau de Saint-Michel d'où le botaniste et moi sommes partis il y a une heure ; à sa droite, se présente le village de Leuville, situé au milieu de coteaux vignobles ; à sa gauche et dans le fond de la vallée, s'étend le beau village de Longpont, dont l'église gothique [1], d'une architecture élégante et très-ornementée, a fait partie d'un riche prieuré fondé par Gui de Bray, quatrième comte de Montlhéry. Plus loin, Épinay étale coquettement les façades blanches et les contrevents verts de ses maisons, à mi-hauteur d'une des collines qui encadrent le vallon. Plus loin encore, se dessinent Villemoisson, Morsang, Savigny, fier de son superbe château aux combles élevés et aux murs de briques

[1] L'église Notre-Dame de Longpont est, de la part des habitants des communes environnantes, le but d'un pèlerinage très-fréquenté qui a lieu le 8 septembre de chaque année, fête de la Nativité de la Vierge.

rouges flanqués de larges tours. Enfin, le regard devine plutôt qu'il ne le distingue, Juvisy, connu par ses belles fontaines [1], et qui se confond avec les coteaux formant l'arrière-plan de cette belle décoration.

Après avoir achevé, du sommet de mon observatoire, ce rapide voyage circulaire, je fis un retour vers le centre de l'horizon, et me mis à contempler cette tour au pied de laquelle je me trouvais, et dont je venais d'esquisser les débris. Les voilà, me dis-je, les ruines de cette redoutable forteresse dont les comtes orgueilleux et rebelles tinrent si souvent le roi de France en échec, et, maîtres de la route, interceptaient à leur gré ses communications avec sa bonne ville d'Orléans. C'est de ce repaire, que ces petits tyrans portaient dans le pays d'alentour le brigandage et l'effroi. Qu'en reste-t-il aujourd'hui? Quelques pans de murailles écrou-

[1] *Voir*, pour la description des fontaines de Juvisy, la note II, à la suite de ce récit.

lées, des vestiges de tours démantelées, et ce vieux donjon où gémirent et moururent tant de malheureux, maintenant ouvert à tous les vents, sans voûtes et sans toiture, rongé sur ses flancs par la mousse et les lichens, et paraissant néanmoins, dans sa décrépitude, jeter encore un défi au temps et aux hommes.

J'en étais là de mes réflexions, quand je fus abordé par le gardien des ruines, qui me donna quelques détails sur les dispositions intérieures du château au temps de son entier achèvement, et me raconta les principaux faits historiques, la plupart sinistres, dont le vieux manoir fut le témoin ou le complice, depuis le jour de sa fondation sous Hugues Capet, jusqu'au moment où Henri IV, vainqueur des Ligueurs qui s'y étaient fortifiés, fit démanteler ce nid de vautours [1]. Ce brave gardien, débris lui-même d'une autre époque (car c'était un vieux soldat

[1] *Voir*, pour la description sommaire du château de Montlhéry, et l'indication des principaux événements historiques qui s'y sont passés, la note III, à la suite de ce récit.

mutilé et décoré de l'Empire), termina ses explications en ajoutant : « La municipalité de Montlhéry vient de faire établir, au sommet de la tour, une plate-forme en bois à laquelle on parvient par un escalier en pierre resté intact dans la tourelle latérale du donjon. Quand des noces ont lieu à Montlhéry ou dans les villages voisins, les époux et les conviés ne manquent pas de venir faire quelques danses sur cette plate-forme. »

Ainsi, me dis-je, les fils de ces pauvres vilains qui ne pouvaient regarder sans terreur la menaçante demeure de leur redoutable seigneur, viennent aujourd'hui danser gaiement dans ce même donjon où quelqu'un de leurs aïeux a peut-être subi une mort cruelle ou une dure captivité.

Entraîné par ces réflexions et par le souvenir des vicissitudes auxquelles ce monument avait été soumis, je voulus, avant de le quitter, laisser sur ses murs une marque de ma visite, et un témoignage des impressions que leur aspect avait produites sur mon esprit. Considérant donc que la main des hommes avait plus contribué à la destruction de cette citadelle que l'action lente des siècles, je gravai, avec la pointe de mon couteau, sur l'une des pierres du revêtement extérieur de la tour, cet adage latin qui rappelait la double cause de sa ruine :

Tempus edax, homo autem edacior[1].

Ma sentence est tracée sur le côté septentrional du donjon, où les touristes futurs la retrouveront sans doute, à moins que les quelques années écoulées depuis que je l'ai écrite, ne l'aient déjà rendue illisible, ou que la pierre qui la portait, s'étant détachée de la tour, ne l'ait cachée pour toujours avec elle sous quelque buisson d'épines ou sous quelque touffe d'orties; s'il en est ainsi, mon inscription aura eu le sort de tant d'autres pensées plus utiles, en-

[1] Le temps est un destructeur, et l'homme est un plus grand destructeur.

sevelies avec leurs auteurs sous l'herbe de leurs tombes, et désormais perdues pour le genre humain.

J'achevais de graver la dernière lettre de la sentence, lorsque je vis venir à moi le botaniste. Il tenait son chapeau de la main gauche, et de la droite il essuyait avec son mouchoir la sueur qui baignait son front. Sa figure était épanouie, et ne conservait plus la moindre trace du léger nuage qui l'avait obscurcie avant notre courte séparation. Je jugeai, à son air radieux, qu'il avait fait une abondante moisson.

« Eh bien! me dit-il en m'abordant, vous avez achevé votre dessin?

— Je l'ai terminé, et j'ai accompli en outre, depuis que nous nous sommes quittés, un voyage de plus de quarante lieues.

— Par l'imagination, sans doute?

— Non, mais du regard, en faisant le tour de la butte, et en m'aidant de cette longue-vue que j'ai apportée de Paris, et qui m'a permis de plonger en tous sens jusqu'aux dernières limites de l'horizon.

— Votre manière de voyager, me dit-il en souriant, est en effet très-rapide, peu fatigante et surtout peu coûteuse. Cependant, malgré ses avantages, et bien qu'elle soit connue depuis longtemps, elle est généralement négligée comme toutes les bonnes choses, et il arrive souvent que les voyageurs et les touristes, en se mettant en route, oublient de se munir d'une longue-vue ou tout au moins d'une lorgnette qui, dans bien des cas, doublerait leurs jouissances. Mais, laissons ces excursionnistes imprévoyants, et montrez-moi, je vous prie, votre dessin; après quoi je vous soumettrai les produits de ma récolte. »

Je lui ouvris alors mon album, à la page où était le croquis que j'avais signé afin de me faire connaître à lui, et de l'engager, par cette marque de confiance, à se nommer à son tour. J'y avais inscrit aussi le quantième du mois et le millésime de l'année ; car c'est une habitude que j'ai prise depuis longtemps, de dater non-seulement mes lettres et mes tableaux, mais encore mes ébauches les plus légères, ainsi que mes réflexions sérieuses ou gaies, que je m'amuse de temps à autre à consigner sur le papier. J'ai ainsi la satisfaction de faire revivre plus tard à mon gré, en les rattachant par une date précise aux circonstances qui les ont fait naître, les impressions agréables ou tristes de ma vie.

Le botaniste eut la politesse de donner à mon esquisse des éloges qui étaient certainement au-dessus de son mérite. Mais, ce qui me causa une joie sensible, ce fut l'expression d'estime qui se peignit dans son regard, au moment où ses yeux se fixèrent sur ma signature.

« Votre nom, me dit-il en me tendant la main, m'est connu depuis bien des années, car j'ai remarqué plusieurs de vos paysages au dernier salon, ainsi qu'aux expositions précédentes. Ce que j'apprécie dans vos compositions, c'est non-seulement le choix des motifs et le mérite de l'exécution, mais c'est surtout le caractère de vérité et de poésie tout ensemble que vous réussissez à leur donner, et le travail consciencieux qu'attestent de semblables résultats. Quand un homme soumet ses œuvres à l'approbation du public, et qu'elles portent la marque certaine d'efforts sérieux tentés pour obtenir ses suffrages, je suis pour ma part reconnaissant à l'auteur d'avoir respecté en moi l'un de ses juges. Ces dispositions vont même jusqu'à l'estime et à l'affection, si l'ouvrage que je considère a un but évidemment moral, me donne de plus nobles pensées, me porte plus irrésistiblement à devenir meilleur. Or, tels sont les sentiments que j'ai éprouvés toutes les fois que j'ai examiné vos tableaux : j'ai aimé l'artiste avant de connaître l'homme, et je rends grâce aujourd'hui à l'heureux hasard qui nous a réunis au pied de cet édifice. Mais nos relations, je l'espère, ne se borneront pas à cette rencontre fortuite, et j'aime à penser que vous ne dédaignerez pas de venir visiter la modeste demeure du professeur qui sera charmé, de son côté, d'aller trouver l'artiste dans son atelier et de le surprendre au milieu de ses poétiques conceptions. »

En disant ces mots, il me présenta une carte où étaient inscrits son nom et son adresse, et je lui indiquai en même temps le lieu de mon domicile, en ajoutant :

« Je me suis trouvé honoré des éloges que mes travaux m'ont parfois attirés ; mais aucune approbation ne m'a plus profondément touché que celle qui vient de sortir de votre bouche. Puisque mes peintures ont pour vous quelque attrait, venez, dès qu'il vous plaira, me faire visite dans mon atelier, et je recevrai avec gratitude vos avis sur mes tableaux commencés et sur ceux qui ne sont encore qu'à l'état d'ébauche. Comptez aussi que j'irai très-prochainement vous dérober quelques moments, et feuilleter votre herbier que j'examinerai avec un véritable intérêt. Mais, en attendant que je puisse parcourir votre collection, souvenez-vous de la promesse que vous m'avez faite tout à l'heure, et ne me cachez pas plus longtemps

> . . . . Les trésors
> Dont les regards de Flore ont embelli ces bords,
> . . . .

comme dirait notre bon la Fontaine, et que vous tenez encore renfermés dans votre boîte. »

Le botaniste répandit alors sur le gazon les nombreux échantillons qu'il avait recueillis depuis notre départ de Saint-Michel, et me signala, parmi beaucoup d'autres plantes dont les noms m'échappent aujourd'hui : des anémones pulsatilles nommées encore coquelourdes, à fleurs violettes et veloutées ; de la bugrane, à fleurs jaunes et odorantes ; de la linaigrette ou chevelure des pauvres, dont les épillets ressemblent à de petites houppes de soie blanche, que les pauvres emploient pour se faire des lits ; de la verveine à petites fleurs bleues ; de la valériane à fleurs rouges ; de la vipérine portant des fleurs bleues disposées en épi ; plusieurs espèces d'orchis, dont l'une, l'orchis singe, est ainsi nommée parce que les diverses parties de sa corolle figurent en effet assez bien, la tête, les bras, les jambes et jusqu'à la queue d'un singe. Il me fit remarquer encore : le mélilot dont les petites fleurs jaunes à parfum doux et suave forment de gracieux épis portés sur des rameaux légers et flexibles; la bétoine et l'origan, à fleurs purpurines et à odeur pénétrante; l'ornithogale ou dame d'onze heures, ainsi nommée parce que sa fleur ne s'ouvre qu'à cette heure de la matinée; le carthame, ou chardon béni des Parisiens, à fleurs jaunes et à odeur balsamique; le carduncellus ou petit chardon à fleurs bleues, sans tige et dépourvu d'épines; l'adonide, dont la belle fleur rouge a, d'après la Fable, reçu sa couleur du sang d'Adonis blessé par un sanglier dans les forêts du Liban; et enfin, une espèce de luzerne, la luzerne à fer de faux, dont les fleurs étaient de toutes sortes de couleurs, blanches, jaunes, roses, bleues, vertes et violettes, avec les nuances les plus variées dans chacune de ces couleurs, et que le botaniste me dit n'avoir rencontrée aux environs de Paris, avec cette étonnante diversité de coloration, que sur la butte de Montlhéry[1].

Après m'avoir fait connaître les noms de ces plantes, et m'avoir expliqué brièvement leur organisation et leurs principales propriétés, il allait les renfermer dans sa boîte, lorsque j'aperçus, au fond de celle-ci, un bouquet de violettes à fleurs lilas, appelées par les dames violettes de Parme, et que le botaniste y avait certainement laissé sans arrière-pensée.

« Eh bien! lui dis-je en riant, voilà un bouquet de violettes qui ne m'est point passé sous les yeux, et qui ne me paraît pas destiné, comme les autres fleurs que j'ai vues, à faire partie d'un herbier. J'affirmerais presque qu'il est galamment réservé à être offert en présent à quelque dame.

— Ce bouquet, me répondit le botaniste, est en effet la part du cœur dans mon herborisa-

[1] Cette plante est le *medicago falcata* des botanistes.

tion, car je le destine à ma femme. Toutes les fois que je vais herboriser, je ne manque jamais de faire pour elle un bouquet des plus belles fleurs des champs que je puis trouver, et j'ai la satisfaction de le lui offrir au retour.

— Cette marque d'attention me prouve que vous aimez beaucoup votre femme, et que vous êtes sans doute très-heureux avec elle.

— On trouverait sans peine, me dit-il, des ménages plus favorisés de la fortune que le nôtre, mais on ne saurait en trouver où règne plus d'union ni plus de véritable tendresse.

— Je conçois alors combien votre foyer doit vous être cher, puisque vous y goûtez, avec les plaisirs de l'esprit, les joies plus douces encore d'un légitime et pur attachement.

— Bientôt, me répondit-il, ainsi que vous me l'avez promis, j'aurai l'honneur de vous présenter à ma femme, et vous verrez mes jeunes enfants. Lorsque vous nous aurez rendu quelques visites, et que vous aurez pu apprécier par vous-même nos goûts et nos paisibles habitudes, vous jugerez si je vous ai présenté de mon bonheur une image exagérée.

— Je la crois au contraire très-fidèle, et, puisque je dois bientôt être admis dans l'intimité de votre aimable famille, pourquoi ne me la feriez-vous pas connaître dès à présent avec de plus amples détails. Nous laisserions ainsi s'écouler, en nous reposant, l'heure la plus ardente du jour, et nous passerions l'un et l'autre quelques moments pleins de charmes.

— Je me rendrai volontiers à votre désir, car vous savez que, lorsque le cœur déborde de félicité, il éprouve souvent le besoin de se répandre au dehors. Je m'adresse d'ailleurs à un homme auquel je puis désormais donner le nom d'ami, et qui m'excusera de parler, avec trop de plaisir peut-être, de ce qui n'a sans doute d'intérêt que pour moi. »

Nous nous assîmes alors sur le gazon, à l'ombre de la tour, ayant devant nous la riante vallée de l'Orge, et le botaniste, d'une voix attendrie, me fit la peinture suivante de ses joies domestiques.

« Je suis marié depuis sept ans, et ces sept années qui se sont trop tôt écoulées à mon gré, ont été entre ma femme et moi sept années d'affection, d'estime et d'égards réciproques. Ma femme se plaît à me redire qu'elle a rencontré en moi tout ce qu'elle désirait trouver dans un époux : une profession modeste, libérale et honorable, des talents que la pauvre enfant estime, je vous l'assure, beaucoup au-dessus de leur valeur, et une délicatesse de procédés dont son indulgence veut bien se montrer satisfaite. De mon côté, je ne serai que vrai en disant que j'ai parfois essayé de découvrir en elle quelque défaut, et que mes recherches ont toujours été infructueuses.

« Ce n'est point que ma chère Félicie (car c'est ainsi qu'elle se nomme), soit d'une beauté éclatante; mais sa figure et sa personne me plaisent, sans attirer les regards des indifférents. Néanmoins, si elle ne possède pas ces traits remarquables qui éblouissent au premier aspect, elle a cette beauté morale qui répand sur sa physionomie et sur toute sa personne un charme et un attrait inexprimables. De même qu'on voit la fleur de l'héliotrope se tourner, par une vertu qui lui est propre, vers l'astre éclatant dont elle aime à recevoir les bienfaisants rayons, de même l'âme généreuse et pure de ma Félicie accueille toutes les nobles pensées, s'élève à toutes les saintes aspirations, se porte vers tout ce qui est vrai, vers tout ce qui est beau, vers tout ce qui est bon, avec cet enthousiasme mêlé de prudence, qui sait conserver au sentiment toute sa chaleur, et n'exclure que l'exagération. Rien, en effet, n'égale son amour pour son Dieu, sa charité pour ceux qui souffrent, sa piété envers les auteurs de ses jours, son dévouement pour moi depuis le moment de notre union, et sa tendresse éclairée pour ses enfants.

« J'ai choisi ma compagne dans une famille

simple et honnête, vivant dans une heureuse médiocrité, loin de la gêne et plus loin encore de l'opulence. C'est vous dire assez que ma femme ne m'a pas donné, comme présent de noces, la fortune. Mais, à défaut d'une grosse dot, elle m'a apporté des biens que j'apprécie beaucoup plus : un ordre parfait, une propreté irréprochable, et une économie judicieuse qui sait s'arrêter bien avant d'être arrivée à la parcimonie. Aussi, comme nous avons, elle et moi, des goûts très-faciles à satisfaire, nous sommes parvenus à faire régner dans notre intérieur plus de véritable bien-être qu'on n'en rencontre souvent dans des ménages beaucoup plus riches que le nôtre.

« Sans posséder une instruction acquise fort étendue, et sans être en état de soutenir avec moi une discussion scientifique, ma femme est néanmoins douée de beaucoup d'esprit naturel, d'une rare perspicacité, d'un sens juste et droit, et d'une grande netteté de vues. Pénétré de la sûreté de son jugement, je ne prends jamais une décision, même pour ce qui se rapporte immédiatement à mon état, sans lui avoir demandé conseil, et ses avis m'ont toujours été fort utiles.

« Mon mariage ne s'est pas accompli comme un trop grand nombre se concluent dans la grande ville que nous habitons, c'est-à-dire après une si courte fréquentation, que c'est à peine si les deux époux ont eu le temps, je ne dirai pas de se connaître, mais même de se juger. Bien qu'avant d'avoir été agréé comme gendre, je ne fusse pas très-intimement lié avec la famille de ma femme, et que je n'y eusse jamais été reçu qu'à de longs intervalles, comme j'avais eu souvent l'occasion de rencontrer Félicie et ses parents chez des amis communs, j'avais été parfaitement à même, vu sa nature franche et ouverte, d'apprécier ses excellentes qualités, et de saisir jusqu'aux moindres nuances de son heureux caractère. Je crois pouvoir aussi, de mon côté, me rendre ce témoignage que, durant ce temps qui a précédé notre mariage, je n'ai pas essayé de me montrer à ses yeux autre que je ne suis. Soit que nous nous fussions bien jugés, et que nous eussions acquis la conviction que notre union serait pour tous les deux un gage assuré de bonheur ; soit que chacun de nous se soit appliqué, dès le principe, à surmonter ses défauts, et à se plier, par une tendre et discrète condescendance, aux goûts et aux désirs de l'autre : toujours est-il que, dès les premiers jours de notre union, le plus parfait accord a régné entre nous, et n'a jamais été rompu depuis. Oui, je puis l'affirmer, en restant dans la plus stricte vérité, les rares et courts chagrins que nous avons éprouvés nous sont tous venus du dehors : depuis sept ans que nous sommes mariés, notre paix n'a été troublée par la faute d'aucun de nous, et notre première querelle est encore à naître.

« Cependant, ma femme et moi nous n'avons pas le même caractère; mais, comme nos goûts et notre manière de voir sur toutes les choses essentielles ont une entière conformité, je crois que cette différence dans le fond même de nos dispositions personnelles a dû contribuer, dès l'abord, à établir entre nous cette bonne harmonie que rien n'est venu altérer. Je suis, en effet, par nature et par état, un peu sérieux peut-être, et cette gravité, si je n'y prenais garde, pourrait aller parfois jusqu'à la tristesse. Mais la gaieté contenue et la douceur angélique de ma Félicie sont là pour rompre ces fâcheuses dispositions. Quand je m'y abandonne, elle est ingénieuse à donner un autre cours à mes idées, et son humeur enjouée sait alors me délasser des fatigues de l'enseignement et des difficultés de l'étude, comme sa tendresse sait me consoler des froissements inévitables dans le commerce des hommes.

« Considérant tout ce que cette excellente femme m'a apporté de bonheur, toute l'étendue du sacrifice qu'elle s'est imposé en renonçant au nom de ses aïeux pour prendre le mien, je comprends la perte qu'a faite en elle la famille dans laquelle elle est née, et qui prit tant de soins de son enfance. Aussi, ne l'ai-je pas même laissée former le désir que ses rapports avec ses parents continuassent à être aussi intimes qu'ils l'étaient avant notre mariage, aussi fréquents que peuvent le permettre ses obligations de maîtresse de maison et de mère de famille. J'aurais cru me montrer à ses yeux bien peu digne de posséder son cœur, si j'avais essayé de m'en emparer d'une manière exclusive; j'aurais cru faire injure à la noblesse de ses sentiments, si j'avais paru croire qu'elle ne fût capable de concevoir de nouvelles affections qu'en amoindrissant l'étendue et la vivacité des anciennes. Ma Félicie est une de ces natures d'élite dont le dévouement croît avec le nombre de leurs devoirs, et dont le cœur se dilate à mesure que les objets de leurs légitimes attachements se multiplient autour d'elles.

« J'aurais déjà béni le Ciel de m'avoir accordé une compagne si digne de mon amour et de mon respect : quelles actions de grâce n'ai-je pas à lui rendre, pour avoir ajouté au bonheur d'une union assortie, les joies si vives de la paternité !

« Après un an de mariage, ma femme me donna une charmante petite fille. Félicie, connaissant mon culte pour la botanique, voulut que sa fille portât le nom d'une fleur, et nous l'avons appelée Marguerite. Notre petite a maintenant six ans, et nous nous proposons, sa mère et moi, d'être ses seuls instituteurs. Nous nous attacherons à l'élever simplement, modestement, comme il convient à son sexe et à notre position. Déjà, elle a commencé à recevoir ses premières leçons, et paraît devoir répondre à nos soins. Grâce aux dons qu'elle a reçus du ciel et à ses heureuses dispositions, l'enfant promet de devenir un jour une excellente et belle jeune fille, et la jeune fille, nous l'espérons, tiendra les promesses de l'enfant.

« Ma femme s'étant blessée pendant sa seconde grossesse, et ayant été gravement malade à la suite de cet accident, je craignais de n'avoir jamais d'autre enfant que ma petite Marguerite ; mais Dieu, il y aura bientôt un an, mettant le comble à ses faveurs et à mes vœux, a daigné me donner dans un fils un héritier de mon nom.

« Puisque le Seigneur, dis-je à ma femme à la naissance de cet enfant, nous a de nouveau regardés avec miséricorde en nous envoyant un fils, offrons-le lui bien afin qu'il nous le conserve. Prenant alors le nouveau-né dans mes mains et l'élevant au ciel : « Mon « Dieu, m'écriai-je en empruntant les paroles « de la Sainte Écriture, protégez ce cher petit « à l'ombre de vos ailes, et gardez-le comme la « prunelle de nos yeux. » Lorsqu'il s'agit de le nommer, je désire, dis-je à Félicie, que son nom me rappelle le tien, et nous l'appellerons Félix. Ce nom lui portera bonheur dans la suite de sa vie : il sera pour lui tout à la fois une sauvegarde et un encouragement ; notre fils aura, comme sa mère, un cœur aimant et un esprit droit : il sera vertueux et il sera heureux.

« Ma femme a voulu allaiter son second enfant, de même qu'elle avait servi de nourrice à sa fille. Lorsque, tenant notre fils dans nos bras, et le couvrant de nos baisers, nous nous plaisons à recueillir ses premiers sourires, la pensée de ce qu'il sera un jour se présente souvent à notre esprit, et nous cause bien parfois quelque souci ; mais, nous en remettant aussitôt à la conduite de la Providence, et nous gardant de former sur le berceau de notre enfant des rêves ambitieux pour son avenir, nous ne demandons à Dieu que de faire de lui un honnête homme et un bon chrétien ; et, par mes soins, je m'efforcerai de le faire devenir, si je le puis, un homme de mérite.

« Tel est notre petit intérieur, complété par notre vieille domestique Françoise, qui nous apporte, elle aussi, sa part de bonne humeur et de contentement. Elle m'a connu fort jeune, m'a servi avec une fidélité à toute épreuve jusqu'à l'époque de mon mariage, et depuis lors s'est attachée à ma femme plus encore peut-être qu'elle ne l'était à moi-même. Elle donne des soins tout maternels à nos petits qu'elle aime beaucoup et qu'elle appelle ses enfants : touchante familiarité de vieux serviteur, qu'on aurait tort, je crois, de désapprouver, et dont, pour notre part, nous lui sommes au contraire reconnaissants.

« Vous pouvez vous représenter maintenant, si ma tendresse ne m'a point abusé, tous les êtres qui font ma joie et mon orgueil dans le présent, mon espérance et mon souci pour l'avenir. Que seront mes enfants, lorsqu'ils entreront dans le monde, et qu'ils seront appelés à s'y diriger par eux-mêmes? Dieu seul le sait. Mais, si la destinée future de ces créatures qui me sont si chères dépend surtout de la volonté du Très-Haut, je puis, du moins, par mes efforts et ma sollicitude, contribuer à la leur rendre heureuse et honorable, et c'est à quoi vont tendre désormais tous mes soins. Sans négliger les sciences naturelles qui m'ont fait le peu que je suis, qui ont répandu tant de charmes sur mon existence, et dont l'étude est d'ailleurs pour moi un devoir, je vais dorénavant consacrer une grande partie de mes loisirs à servir de précepteur à ma fille, un peu plus tard à mon fils, et à faire sur ces êtres chéris l'application des méthodes que j'ai conçues pour eux[1]. Ainsi, vous le voyez, on étudie toute sa vie, et je vais redevenir écolier dans l'intérêt de la bonne éducation de mes enfants. »

Ici se termina le récit de cet homme de bien. Nous nous levâmes, et, pendant que nous descendions les pentes de la butte, je remerciai le botaniste de ses intéressantes communications, en lui souhaitant l'heureux accomplissement de ses désirs paternels.

[1] On trouvera dans la note Ire placée à la suite de ce récit, quelques-unes des idées du botaniste sur l'éducation et l'instruction de la jeunesse, que j'ai extraites des papiers de son ami le paysagiste.

Quand nous fûmes arrivés sur la principale place de Montlhéry, nous prîmes, mon compagnon et moi, un frugal déjeuner dans un des cafés de la ville ; après quoi nous allâmes faire une tournée jusqu'à Marcoussis. Puis, repassant par Montlhéry, nous nous dirigeâmes vers Longpont, et parcourûmes toute la vallée de l'Orge, en traversant les villages que j'ai précédemment cités. Le botaniste récoltait de temps à autre quelques fleurs, et me disait en les cueillant : « Si vous m'aviez rencontré pendant l'été qui suivit mon mariage, vous ne m'auriez pas trouvé seul, mais en compagnie de ma femme, car elle me suivit cette année-là dans presque toutes mes herborisations. Depuis, les soins de la maternité l'ont rendue sédentaire, et nous n'avons plus herborisé ensemble que rarement. Aussi, mes courses botaniques sont-elles devenues moins fréquentes, et je suis toujours porté à en raccourcir la durée, pour revenir plus tôt auprès d'elle. Je crains même d'avoir ainsi contribué à abréger peut-être votre promenade. » Je répondis au botaniste que j'étais très-satisfait de ma journée, et que la joie que j'éprouvais de sa rencontre en laisserait le souvenir profondément gravé dans ma mémoire.

Nous arrivâmes vers cinq heures à la station de Juvisy, où nous prîmes le train venant de Corbeil, et qui, une heure après, nous ramena à Paris. Nous nous quittâmes à la gare, en nous serrant affectueusement la main, et je promis à mon nouvel ami d'aller le voir le lendemain.

Je fus exact à tenir ma promesse. Lorsque la vieille servante Françoise vint m'ouvrir, sa figure franche et pleine de bonhomie semblait me dire : « Vous n'entrez pas ici comme un étranger, car mes maîtres ont beaucoup parlé de vous depuis hier. »

L'aimable compagne du botaniste m'accueillit avec cet air avenant, mêlé de réserve et de dignité, qui met aussitôt à l'aise tout en inspirant le respect. Elle tenait sur ses genoux son petit Félix qu'elle venait d'allaiter, et ce titre sacré de mère qui se réunissait en elle à celui d'épouse, contribuait encore à augmenter la vénération dont on aimait à l'entourer. J'essayai de la juger dans cette entrevue, et le résultat de ces premières impressions, ordinairement les plus vraies, et que rien depuis n'est venu démentir, fut que son mari, en me la dépeignant comme il l'avait fait, n'avait pas été aveuglé par sa tendresse, et ne lui avait pas prodigué des éloges exagérés. Quant à la petite Marguerite, alors âgée de six ans, c'était une charmante enfant, au regard limpide et doux, au teint blanc et rose, aux cheveux châtain-clair coupés courts comme ceux d'un garçon, et qui, sur l'invitation de sa mère, s'approcha de moi en souriant, et m'offrit naïvement ses bonnes et fraîches joues à embrasser.

Il va sans dire que je demandai à mon ami d'examiner son herbier, et ce ne fut pas sans un vif intérêt que je vis toutes ces plantes desséchées avec soin, classées avec ordre et proprement disposées sur des feuilles de papier blanc, avec des étiquettes portant le nom latin et français de chacune d'elles : travail d'érudition et de patience, dont je louai d'autant plus le docte professeur, que je me serais senti tout à fait incapable de l'accomplir.

Depuis cette première visite, quatre ans se sont écoulés, et mes relations avec le botaniste sont devenues de plus en plus fréquentes et amicales. Il vient de temps à autre me visiter dans mon atelier, parcourt mes cartons, s'amuse à feuilleter mes albums, et me donne sur mes tableaux dont le succès le préoccupe presque autant que moi, des conseils pleins de justesse et de sagacité, que je mets volontiers à profit. Moi-même, après avoir peint toute la journée, éprouvant le besoin de me délasser d'une attention longtemps soutenue, je m'achemine souvent, après mon repas du soir, vers la tranquille demeure de l'aimable savant. A faire ces visites, je goûte le même sentiment de satisfaction que l'on ressent lorsque, après s'être absorbé pendant plusieurs heures sur son bureau à une étude fatigante, on ouvre sa fenêtre pour respirer l'air pur du dehors, et que, tournant ses regards vers le nid d'hirondelles abrité sous le toit voisin, on se plaît à admirer les efforts incessants du père pour subvenir aux besoins de sa famille, la tendresse inquiète de la mère, les cris d'amour et de reconnaissance des petits.

Depuis le jour où je les vis pour la première fois, les jeunes enfants du botaniste ont presque grandi sous mes yeux, et je conçois sans peine le doux enivrement et le juste orgueil de leurs parents, qui voient se développer par leurs soins ces petits êtres si beaux et si aimables. Mademoiselle Marguerite a aujourd'hui dix ans, et comme l'instinct de sa petite dignité féminine commence déjà à se manifester en elle, elle me reçoit avec autant de plaisir que dans les premiers temps de notre connaissance, mais avec un peu plus d'embarras. Je me suis d'ailleurs chargé de lui enseigner le dessin, et, sa timidité naturelle s'ajoutant à ma gravité de professeur, je n'ai, si je veux la voir rougir jusqu'au blanc des yeux, qu'à paraître satisfait de ses efforts, et à donner quelques éloges aux petits profils qu'elle s'est exercée à copier, et sur lesquels elle attend mon avis avec anxiété. Quant à M. Félix, qui entre dans sa cinquième année, je n'ai pas encore l'honneur de l'avoir pour élève; néanmoins, il montre déjà des dispositions artistiques très-prononcées, car il ne peut me voir corriger les essais de sa sœur sans me demander aussitôt de lui dessiner, sur le premier morceau de papier qu'il peut trouver, un petit monsieur, ou une petite dame, ou un beau soldat armé de pied en cap et rehaussé d'énormes moustaches. Du reste, nous sommes fort bons amis; mais je crains que ses câlineries ne soient pas tout à fait désintéressées, car il sait que j'ai toujours pour lui dans la poche un sucre d'orge ou un pain d'épices, dont il est très-friand.

Voilà comment se sont formés et se poursuivent mes agréables rapports avec cette honnête famille où brillent d'un pur éclat, dans le père, la mère et les enfants, le savoir modeste, la vertu aimable et les grâces naïves.

Fidèle à l'habitude que j'ai contractée de mettre par écrit mes sentiments et mes impressions, j'ai pris aujourd'hui mes crayons, et me suis amusé à esquisser, bien imparfaitement sans doute, mais avec délices, les principaux traits de ce charmant tableau d'intérieur.

Paris. Composé de 1856 à 1859.

FIN.

NOTES

NOTE PREMIÈRE

QUELQUES IDÉES DU BOTANISTE

RELATIVES

A L'ÉDUCATION ET A L'INSTRUCTION DE LA JEUNESSE

I. Tout bon système d'éducation doit tendre, selon moi, à élever chaque enfant de telle manière qu'il puisse remplir dignement la place probable que son sexe et sa position de fortune lui assigneront dans le monde.

II. Pour une fille, par exemple, je désirerais surtout qu'elle excellât dans les talents particuliers aux femmes, c'est-à-dire dans ces simples travaux de couture, dans ces soins journaliers du ménage que les gens légers affectent de dédaigner, mais que tous les hommes sensés estiment et apprécient. Une jeune femme qui s'entoure de livres, celle qui tient la palette ou qui fait résonner un instrument de musique, peuvent devenir ridicules si elles s'entêtent de ces occupations, si elles ne s'y livrent que par le désir de briller, et si elles n'y acquièrent, comme cela se voit souvent, qu'un talent médiocre et beaucoup de vanité. Une femme, au contraire, qui tient une aiguille à la main pour remettre en bon état les vêtements de son mari ou de ses enfants, qui veille à ce que tout soit propre et rangé dans son ménage, à ce que toutes les dépenses s'y fassent avec ordre et économie : celle-là est vraiment digne de respect, parce qu'elle remplit les plus importants de ses devoirs, et une auréole de vénération l'environne. Je ne prétends pas dire, cependant, qu'une fille doive s'absorber tout entière dans ces soins matériels, car je pense, avec le sage Fénelon, que les *occupations des femmes ne sont guère moins importantes que celles des hommes, puisqu'elles ont une maison à régler, un mari à rendre heureux, des enfants à bien élever*. Aussi, je voudrais qu'on s'appliquât avant tout à rendre une jeune fille à la fois bonne et ferme, pieuse et éclairée, prudente et dévouée. Quant à son instruction, je trouve qu'on doit la former à s'exprimer et à écrire purement, correctement, avec une certaine élégance même, si elle le peut, mais surtout avec une grande simplicité; qu'il faut lui apprendre à compter, lui donner des notions suffisantes d'histoire et de géographie, et d'autres plus succinctes sur les merveilles de la nature et sur ces phénomènes physiques dont nous sommes journellement les témoins. Je tiendrais encore, sans me mettre, je crois, en opposition avec les réflexions que je présentais tout à l'heure, à ce qu'une jeune fille s'appliquât à acquérir quelques talents dans la musique dont la douce harmonie exerce une si heureuse influence sur le caractère, et qu'elle devînt assez habile dans le dessin, cet art charmant du foyer, qui permet à une jeune personne de se distraire dans la seule compagnie de sa mère, et lui fait moins désirer les plaisirs et les succès dangereux des salons. . . . .

Telles sont mes vues, bien incomplètes et bien imparfaites, sans doute, sur l'éducation et l'instruction des filles, et auxquelles une mère ou une institutrice sage pourrait apporter des modifications et des améliorations importantes, selon le caractère plus ou moins facile et les facultés plus ou moins étendues de chaque enfant. Néanmoins, pour ce qui regarde l'instruction, il me semble qu'on devrait s'en écarter le moins possible; car, aller plus loin sous ce rapport, ce serait, à mon avis, dépasser les limites que la sagesse commande de s'imposer, et pousser une enfant dans une voie qui pourrait devenir funeste à son repos, en lui inspirant de l'éloignement pour des devoirs plus humbles, mais plus essentiels. En un mot, et pour résumer mon opinion sur ce grave sujet, je trouve qu'on doit souhaiter qu'une fille soit instruite, mais qu'on doit tout faire pour éviter qu'elle devienne une pédante.

III. S'il s'agissait d'un garçon, au contraire, tout en s'attachant d'abord à faire de lui un homme religieux et moral, je crois qu'on devrait suivre pour son instruction un plan différent de celui que j'ai proposé pour la jeune fille.

Comme homme, il est appelé à devenir un jour chef de famille; il faut donc qu'il soit en état, par ses talents, de pourvoir honorablement à ses besoins et à ceux des êtres qui dépendront de lui. Nous vivons d'ailleurs à une époque où l'ignorance est presque un déshonneur, et où l'instruction, nécessaire même au jeune homme qui entre dans la société avec une fortune toute faite, est indispensable, vu l'encombrement des carrières, à celui qui est obligé de devenir lui-même l'artisan de sa position. Aussi, sans forcer les moyens naturels d'un enfant, sans essayer de faire produire à son esprit plus qu'il ne peut donner, sans s'exposer enfin, comme certains parents peu judicieux, pour avoir voulu faire inconsidérément un petit prodige de neuf ou dix ans, à énerver pour toujours sa vigueur intellectuelle, je voudrais que cet enfant, devenu homme, fût arrivé à posséder autant d'instruction que son intelligence l'aurait rendu capable d'en acquérir.

Pour atteindre à ce but, je crois qu'on doit s'efforcer par-dessus tout d'inspirer aux jeunes gens l'amour du travail. Si un instituteur parvient à donner à son élève le goût de l'étude, je regarderai la tâche du maître comme presque accomplie; car je suis persuadé que l'esprit de l'homme, même le moins heureusement doué, a encore une grande étendue, et peut embrasser un ensemble de connaissances très-diverses et très-relevées. Seulement, il faut combattre et vaincre la paresse et la légèreté inhérentes à notre nature, et, par-dessus tout, le défaut de persévérance qui est, à mon avis, chez la plupart des hommes, le plus grand obstacle à leur réussite. Mais, si nous avons apporté en naissant, ou que des soins assidus soient parvenus à faire naître en nous la patience, la bonne volonté dans le travail, un vif désir du succès, au besoin un peu de ténacité sans entêtement, je crois qu'il est alors bien peu de difficultés qu'une intelligence cultivée de bonne heure, mais point tourmentée, je le répète, ne soit en état de surmonter.

Heureux celui que la faveur du ciel et une bonne éducation ont doué d'un jugement assez droit pour lui faire voir nettement quel doit être le vrai but de ses légitimes désirs sur la terre, et qui sait y tendre sans cesse par des efforts modérés et soutenus. Sans troubler son repos, ni détruire sa santé, il élèvera patiemment, lentement, mais sur une base solide, l'édifice de son bonheur, de son instruction et de sa fortune. Au lieu d'imiter cet homme cupide ou cet ambitieux qui, pour arriver quelques années plus tôt à la richesse ou à la gloire, travaille le jour, travaille la nuit, s'excède et meurt au moment où il s'apprête à jouir des résultats de son labeur, il s'appliquera toute sa vie, mais sans acharnement, à accroître sa félicité, à orner son esprit de nouveaux talents, à augmenter son modique patrimoine. Tout en faisant sa récolte, tout en veillant à en mettre en réserve une partie pour la tranquillité de ses vieux jours et le bien-être futur de ses enfants, il n'hésitera pas à employer le reste à ses besoins présents et à ses honnêtes plaisirs; il ne se privera pas, durant la chaleur du jour, de porter de temps à autre à ses lèvres quelques-uns des fruits qu'il viendra de cueillir, et d'en savourer la fraîcheur, car il sait que la mort peut l'atteindre avant l'entier achèvement de la moisson. Aussi, quand elle viendra à lui, à peine la sentira-t-il s'approcher, parce qu'il sera encore délicieusement occupé, comme la vigilante abeille, à récolter un doux butin parmi les fleurs de la science, de la sagesse et de la vertu.

Vous voyez donc, mon cher lecteur, quels sont les rêves que je forme pour l'avenir de ce jeune homme dont l'éducation nous préoccupe en ce moment. Je souhaite qu'il ait des sentiments religieux, un cœur honnête et affectueux, un esprit juste et droit, des goûts simples, des désirs bornés, de la modération en toutes choses, même pour le bien, de la bonne volonté à s'instruire, l'amour de ses devoirs et de son état, et, si Dieu daigne encore lui accorder ce bienfait, des forces physiques qui puissent concourir efficacement à son développement intellectuel et moral. Néanmoins, en demandant au Ciel d'orner cet enfant de tant de dons, je n'ai pour lui aucune vaine ambition, et s'il reste dans une humble mais honorable médiocrité; je serai encore satisfait. Mais, qu'il soit destiné, dans la carrière qu'il embrassera, à voir son travail couronné de succès éclatants ou modestes, je veux qu'il les recherche avec calme, avec dignité, sans envie surtout, et qu'il les mérite longtemps avant de les obtenir.

Je viens de parler de la carrière de ce jeune homme. Ici encore, je dois signaler un écueil contre lequel tant de jeunes gens viennent se heurter à leur entrée dans le monde : je veux dire de ne posséder sur tout ce qu'ils ont appris que des connaissances générales qui les laissent flottants sur le choix d'un état, leur en font adopter un au hasard, et les rendent par cela même impropres à y exceller.

Dès qu'un enfant est parvenu à l'âge de l'adolescence, on devrait, il me semble, s'attacher à discerner, parmi les diverses branches de ses études, celle pour laquelle il a montré jusqu'alors le plus d'aptitude, ce qui serait, je crois, chose facile; et c'est dans cette branche-là qu'on s'appliquerait à le rendre habile. Il serait fâcheux assurément qu'un jeune homme fût, en quoi que ce soit, par trop exclusif; mais, tout en lui donnant des notions suffisantes sur les principales branches des connaissances humaines, je trouve qu'il faut tenir essentiellement à ce qu'il possède un talent spécial : car je suis convaincu que c'est dans le sentiment profond, et toutefois dépourvu d'orgueil, qu'il sait bien faire ce qu'il fait, que l'homme puise la force de supporter les fatigues de son état, d'en vaincre les difficultés, d'en surmonter les dégoûts, et d'arriver enfin à s'y créer une réputation méritée.

IV. Je terminerai ces considérations trop longues peut-être, par une réflexion générale et applicable aux enfants des deux sexes : je veux parler de ce luxe exagéré qui, après avoir envahi tous les rangs de la société, s'est introduit jusque dans les plaisirs coûteux que l'on procure aujourd'hui à l'enfance, et dans la richesse et le haut prix des vêtements dont on croit la parer.

Ah! que les parents imprudents qui initient follement leurs enfants à tous les genres de dissipation, qui les conduisent dès leur bas âge au bal et au théâtre, qui les habillent avec une recherche ridicule, et inoculent ainsi de bonne heure dans ces jeunes âmes le poison de la vanité et de l'orgueil; que ces pères et ces mères sachent bien qu'ils compromettent ainsi, sans le vouloir peut-être, mais de la manière la plus grave, l'innocence présente, le repos futur, et jusqu'à la santé de leurs enfants. La parure qui convient le mieux au jeune âge, ce sont ses grâces naïves, sa vivacité et son enjouement, auxquels des habits simples ne font qu'ajouter de nouveaux charmes. Le jouet qui plaît le plus aux enfants est ordinairement celui qui coûte le moins; et le jeu qu'ils préfèrent est celui qu'ils ont choisi eux-mêmes. Laissons donc à la jeunesse sa candeur et toute la fraîcheur de ses impressions. Habituons nos enfants à savoir régler leurs goûts et borner leurs désirs. Qu'à vingt ans, il y ait encore des distractions honnêtes qui leur soient inconnues, et qu'ils puissent savourer avec cette gaieté franche qu'on aime tant à voir s'épanouir sur de jeunes visages. Que ce père, dût-il laisser plus tard une grande fortune à son fils, l'oblige à travailler aussi sérieusement que si ce jeune homme devait entrer pauvre dans le monde. Que cette mère exige de sa fille, quelque riche que celle-ci puisse être un jour, une toilette si modeste que le mari qui lui est destiné puisse lui offrir, en l'épousant, quelque ajustement ou quelque joyau qu'elle n'ait pas encore porté, et qui lui cause au moins un peu de surprise et de plaisir. Que cette jeune personne surtout, si elle ne doit avoir que peu ou point de dot, ne s'imagine pas qu'elle sera plus tôt choisie, en affichant un luxe et des goûts disproportionnés avec l'humble fortune de sa famille. Ce travers, trop commun de nos jours, toléré, souvent même encouragé par la tendresse aveugle des parents, est plus nuisible aux jeunes filles qu'on ne peut croire, car il est, quoi qu'on dise, une des principales causes de la difficulté des mariages à notre époque

On me pardonnera, je l'espère, ce qu'il pourrait y avoir de trop vif dans ces dernières réflexions. Mais, dans ce siècle de convoitises et de recherche immodérée de toutes les jouissances, lorsque de bons esprits ont déjà élevé la voix contre ces regrettables tendances, il est, je crois, du devoir de tout ami de la jeunesse, de combattre, dans la limite de ses forces, des principes qui pourraient devenir funestes à la génération qui nous suit.

NOTE II

LES BELLES FONTAINES

A JUVISY

La grande route de Paris à Fontainebleau traverse la rivière d'Orge au village de Juvisy. Le lit de cette petite rivière est, dans cet endroit, profondément encaissé, de sorte que ses berges ont une pente assez forte. Il paraît qu'elles étaient parsemées autrefois de roches de grès qui, venant s'ajouter comme obstacles à la roideur de la route, la rendaient très-difficile et même dangereuse. Louis XV fit aplanir cette route, en enlevant les quartiers de rochers qui l'obstruaient, et fit construire sur la rivière un pont n'ayant que la largeur d'une seule arche, mais fort curieux par son architecture. Ce pont, composé de deux arcades superposées, est très-élevé au-dessus du niveau de la rivière, et figure assez bien un petit aqueduc; sa hauteur a permis d'adoucir la descente de la route depuis le sommet de la colline la plus rapprochée de Paris jusqu'à la tête du pont. Au milieu de sa longueur, ont été érigées deux fontaines qui se regardent, et qui font corps avec les deux parapets qu'elles dominent d'une hauteur de cinq mètres environ. Ces deux fontaines, que les habitants du pays appellent les *Belles Fontaines*, sont dans le style maniéré du règne de Louis XV, construites en pierres de taille, et surmontées de figures allégoriques. Sur l'un des piédestaux qui supportent ces statues emblématiques, on lit l'inscription suivante, qui rappelle les travaux et les embellissements que je viens d'indiquer :

LUDOVICUS XV, REX CHRISTIANISSIMUS,
VIAM HANC, ANTEA DIFFICILEM,
ARDUAM AC PENE INVIAM,
SCISSIS, DISJECTISQUE RUPIBUS.
EXPLANATO COLLE,
PONTE ET AGGERIBUS CONSTRUCTIS,
PLANAM, ROTABILEM ET AMŒNAM,
FIERI CURAVIT,
ANNO MDCCXXVIII.

Le roi très-chrétien Louis XV, après avoir fait briser et enlever les roches qui obstruaient cette route, avoir adouci la pente de la côte, et avoir fait construire ce pont et ces talus, convertit ce passage autrefois difficile, ardu et à peine praticable, en une voie plane, agréable et commode pour les voitures, en l'année 1728.

Sur le piédestal de la fontaine qui fait face à la précédente, se trouve cette autre inscription :

CE MONUMENT
A ÉTÉ RESTAURÉ
SOUS LE RÈGNE
DE NAPOLÉON
LE GRAND,
AN 1813.

NOTE III

DESCRIPTION SOMMAIRE
DU
CHATEAU DE MONTLHÉRY
ET INDICATION
DES PRINCIPAUX FAITS HISTORIQUES
QUI S'Y SONT PASSÉS

Le château de Montlhéry, bâti sur le versant nord de la butte, comprenait, à l'époque de son entier achèvement, cinq cours entourées de murs crénelés, défendues à leurs angles par de grosses tours rondes et peu élevées, et communiquant entre elles par des portes fortifiées, munies de herses et de ponts-levis.

La poterne, ou entrée principale du château, regardait le village de Montlhéry; cette porte, ainsi que celle qui donnait entrée de la première cour dans la seconde, était, de plus que les autres, flanquée de tours crénelées.

Les cinq cours placées les unes à la suite des autres, mais non au même niveau, à cause de la pente de la butte, se trouvaient ainsi disposées en terrasses. La première cour, qui était aussi la plus grande, renfermait une chapelle dédiée à saint Pierre et saint Laurent; elle formait, avec la seconde cour, la terrasse inférieure. Les deux cours suivantes occupaient la terrasse du milieu; c'était dans la deuxième de ces cours, qui était par conséquent la quatrième enceinte à partir de la poterne, que se trouvait une chapelle bâtie par saint Louis, et dédiée plus tard à ce roi. Enfin, la terrasse supérieure était occupée par la cour du donjon.

Cette cour, outre les murailles crénelées qui l'entouraient, était encore défendue par quatre tours hautes chacune de soixante pieds, et par la tour du donjon plus élevée que toutes les autres. Ces cinq tours étaient surmontées de combles pointus en charpente, couverts en plomb et en ardoises.

Toutes les constructions du château étaient faites

de pierres de grès, dont la butte est presque tout entière formée.

Dans la cour du donjon, était un puits très-profond, aujourd'hui en partie comblé; et, sous le pavé de cette cour, se trouvaient aussi cinq petits caveaux encore assez bien conservés, communiquant entre eux, et dans lesquels on descend par un escalier pratiqué à peu de distance du donjon.

L'enceinte de la cour du donjon est aujourd'hui la seule facile à reconnaître, car elle est parfaitement indiquée par les vestiges des quatre tours et des murs qui les reliaient, lesquels, bien que rasés, s'élèvent encore d'un mètre, ou plus, au-dessus du sol. Les deux chapelles, les quatre autres cours, leurs murs crénelés, leurs tours ont complétement disparu.

Le donjon, comme je l'ai dit dans le corps du récit, n'a plus maintenant ni voûtes, ni plafonds, ni toiture. Tout ce qui reste de ses aménagements intérieurs, ce sont trois vastes cheminées superposées, adossées au mur dont elles font partie, construites comme eux en pierres de grès, et qui, par leur disposition, indiquent la place de trois chambres ou étages placés les uns au-dessus des autres. Un vieux canon de fer rouillé et contenant encore son boulet en pierre, une dizaine d'autres boulets également enpierre, attestant par la matière dont ils sont faits qu'ils remontent aux premiers temps de l'artillerie; un fragment de cadran solaire en pierre, quelques vieilles pièces de fer et quelques ossements humains, tels sont les seuls débris recueillis dans les fouilles qu'on a faites sur l'emplacement du château, et qu'on a rassemblés dans l'intérieur du donjon.

Un escalier resté à peu près intact dans une tourelle latérale au donjon et faisant corps avec lui, conduit au sommet de cet édifice, où l'on a établi récemment un plancher en bois faisant l'office de plate-forme. De ce lieu élevé, on jouit non-seulement du magnifique panorama que j'ai essayé de décrire dans le cours de cet opuscule; mais, à l'aide d'une lunette, on aperçoit les monuments les plus élevés de Paris, comme les tours et la flèche de Notre-Dame, la flèche dorée de la Sainte-Chapelle, la coupole de Sainte-Geneviève, l'arc de triomphe de l'Étoile. Le regard, dans certaines directions, va même plus loin que la capitale qui est pourtant distante de Montlhéry de plus de six lieues, et, par un beau temps, on distingue les villages de Sucy et de Brie-Comte-Robert, situés aux confins du département de Seine-et-Oise, à huit ou neuf lieues de la tour.

Tel était autrefois, et tel est aujourd'hui ce fameux château féodal, digne encore, dans ses débris, de la visite de ceux qu'intéressent les ruines auxquelles se rattachent de grands souvenirs historiques.

Les seigneurs, comtes et sires de Montlhéry, furent : Thibaut Ier, dit le Tricheur ; Bouchart ; Thibaut II, dit File-Étoupes ; Gui Ier de Bray ; Milon Ier de Bray ; Gui II, dit Troussel ; Hugues de Cressy, et Milon II de Bray. La plupart furent des barons féroces, toujours en guerre avec les rois de France, et qui firent peser sur leur comté un joug de fer.

Les principaux événements historiques dont cette forteresse féodale fut le théâtre sont les suivants :

Pépin le Bref ayant donné Montlhéry, qui était un rendez-vous de chasse de la forêt d'Yveline, aux moines de Saint-Denis, ceux-ci le cèdent à l'évêque de Paris, qui le vend à son tour à la maison de Montmorency.

Thibaut le Tricheur, premier seigneur de Montlhéry, fait défricher la montagne, et donne ce domaine en dot à sa fille Hildegarde qui épouse Bouchart, baron de Montmorency.

Celui-ci fait de Montlhéry un apanage pour son second fils, Thibaut File-Étoupes, qui obtient des rois Hugues Capet et Robert l'autorisation d'ériger Montlhéry en châtellenie et de le fortifier. Thibaut fait élever le château de 984 à 995.

Gui de Bray, frère et successeur de Thibaut, fonde le prieuré de Longpont, en achève l'église, et fait construire la chapelle du château, dédiée à saint Pierre et saint Laurent.

A Gui de Bray, succède Milon de Bray, son fils, ennemi acharné et redoutable du roi de France Philippe Ier.

Gui Troussel, successeur de Milon, cède son château à Philippe Ier, puis éprouve du regret de cette cession.

Hugues de Cressy, fils de Gui Troussel, fait des efforts infructueux pour reprendre la forteresse. Louis VI accorde l'investiture du comté de Montlhéry à Milon de Bray, vicomte de Troyes.

Milon de Troyes, le meilleur des comtes de Montlhéry, poursuivi par la vengeance d'Hugues de Cressy, tombe dans une embuscade que lui tend ce dernier. Maître de son compétiteur, Cressy l'étrangle de ses propres mains.

Louis VI marche contre le meurtrier. Celui-ci se réfugie dans son château de Gometz, peu distant de Montlhéry, et préfère, plutôt que de se rendre, s'y laisser brûler vif. La châtellenie de Montlhéry est réunie à la couronne.

Sous la minorité de saint Louis, Blanche de Castille et son fils viennent chercher dans cette citadelle un refuge contre leurs vassaux révoltés.

Les Anglais s'emparent du château pendant la captivité du roi Jean le Bon.

Au temps des factions des Armagnacs et des Bourguignons, la place est occupée tour à tour par les deux partis. A l'un des siéges que soutint le château à cette époque, se rapporte la construction du monticule situé en face de la poterne, et nommé encore aujourd'hui la butte des Bourguignons, parce que ceux-ci, après l'avoir érigé en une seule nuit, y établirent une batterie d'où ils lançaient des bombes dans l'intérieur du château occupé par leurs adversaires.

En 1465, Louis XI livre sous les murs de la ville, à Charles le Téméraire et aux autres seigneurs confédérés de la ligue du Bien public, la fameuse bataille de Montlhéry, dont le résultat fut indécis, et dans laquelle chacun des partis s'attribua la victoire.

Enfin, pendant les guerres de la Ligue, le château tient contre Henri IV qui s'en empare, en ordonne la démolition, et ne laisse debout que les ruines qui subsistent encore de nos jours.

FIN DES NOTES

LA FAMILLE

DU

BOTANISTE

LA FAMILLE

DU

BOTANISTE

PAR

F. D. DE MASSILIE

PARIS
IMPRIMERIE SIMON RAÇON ET Cie
RUE D'ERFURTH, 1

1862

DU MÊME AUTEUR:

LE ROCHER DES DEUX SŒURS

UN VOLUME GRAND IN-18.

PARIS. — IMP. SIMON RAÇON ET COMP., RUE D'ERFURTH,

DU MÊME AUTEUR

LE ROCHER DES DEUX SŒURS

UN VOLUME GRAND IN-18.

PARIS. — IMP. SIMON RAÇON ET COMP., RUE D'ERFURTH, 1.

www.ingramcontent.com/pod-product-compliance
Ingram Content Group UK Ltd.
Pitfield, Milton Keynes, MK11 3LW, UK
UKHW020256220726
13923UKWH00002B/942

9 782019 294052